¡Fuiste tú!

A LA
ORILLA
DEL VIENTO

¡Fuiste tú!

VIVIAN MANSOUR

ilustrado por

TRINO.

FONDO DE CULTURA ECONÓMICA

Primera edición: 2007

Mansour, Vivian
    ¡Fuiste tú! / Vivian Mansour; ilus. de Trino
    —México: FCE, 2007
    [24] p.: ilus.; 19 × 15 cm— (Colec. A la Orilla del Viento, 186)
    ISBN 978-968-16-8395-5

    1. Literatura Infantil I. Trino il. II. Ser. III. t.

LC PZ7   Dewey 808.068 M328f

Distribución mundial

Comentarios y sugerencias:
librosparaninos@fondodeculturaeconomica.com
www.fondodeculturaeconomica.com
Tel. (55)5449-1871. Fax (55)5227-4640

▓▓ Empresa certificada ISO 9001:2000

Coordinación editorial: Miriam Martínez y Eliana Pasarán
Dirección de arte: Gil Martínez
Diseño de la colección: León Muñoz Santini

D. R. © 2007, Vivian Mansour (texto)
D. R. © 2007, Trino (ilustraciones)

D. R. © 2007, Fondo de Cultura Económica
Carretera Picacho Ajusco 227
Bosques del Pedregal
C. P. 14738, México, D. F.

ISBN 978-968-16-8395-5

Impreso en México / *Printed in Mexico*

Para Omar

—Fuiste tú.

—¡No es cierto! ¡Eres un cochino! ¡Fuiste tú!

Escuchaba este diálogo con asombro.

Mi creador renegaba de mí, como si yo
fuera algo malo, algo que no tenía nada
que ver con él.

No entiendo por qué todos parecían
avergonzarse tanto de mí como
de mis hermanos.

Estamos en todos los cuerpos y generalmente somos musicales y juguetones, y eso que vivimos bajo mucha presión. Pero cuando salimos, lo hacemos con fanfarrias y aplausos y, sin embargo, nunca recibimos ni una sonrisa de bienvenida. Pero eso sólo sucede cuando aparecemos frente a muchas personas.

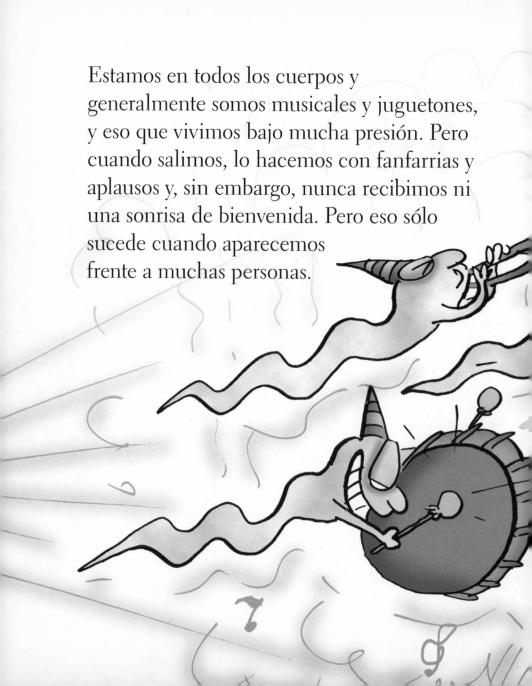

En fin, el caso es que esa tarde, los dos chicos se acusaban mutuamente de ser mis causantes y yo flotaba, destanteado, sin saber qué hacer. Uno de los muchachos abrió una ventana y empezó a manotear, tratando de correrme. ¡Qué ingratitud!

En venganza, me expandí lo más que pude.

—¡Guácala! ¡Tú fuiste!

—Mentira... Tú nunca te aguantas...

Los chavos, al percibir todo mi poder, se fueron corriendo a otra habitación y, entonces, pérfidamente los seguí y coleé ante sus narices. Los dos chicos dieron unos gritos de terror e hicieron unas muecas de asco que verdaderamente me ofendieron.

Porque hasta nosotros, los humildes pedos, tenemos nuestra dignidad.

Raudo e invisible, decidí invadir todos los rincones de la casa, para demostrar quién era el dueño y señor de ese lugar. Pasé por la cocina y, con zigzagueante vuelo,

recorrí las cacerolas. La cocinera, quien sudaba frente al fogón, dio un alarido y corrió como alma que lleva el diablo.

Me dirigí a la habitación de la mamá de los niños, quien se estaba arreglando para salir, y rápidamente me oculté en uno de sus perfumeros.

Cuando tomó el frasco y accionó el atomizador, salí y le planté un sonoro beso en la mejilla. La dama se desmayó al instante. ¡Ay, sí! ¡Como si ella oliera tan bonito!

Pasé junto al perro y él fue el único que me dirigió una mirada de simpatía, moviendo la cola. ¡Por fin, alguien que no se andaba con dobles caras!

Pero cuando vi que toda la familia se acercaba a mí con ventilador, aspiradora y atomizador, dispuestos a hacerme pedazos, comprendí que mi vida siempre estaría marcada por la injusticia.

Sería siempre un huérfano de padre y madre. Resignado, decidí huir de ese hogar donde mi dueño me miraba como a un extraterrestre y los otros habitantes fingían nunca haber producido uno de mi especie.

Salí, pues, por la ventana y me tropecé con una maceta. En ella, una flor roja se estaba calentando al sol. Exhalaba un perfume embriagador. ¡Qué hermosa era!

Me atreví a rondarla, ofreciéndole bocanadas de lo mejor de mí.

Me enamoré de ella y la bella flor no rechazó mi cortejo. Ella sí que sabía apreciar lo bueno cuando lo olía. Ambos aromas, el suyo y el mío, se mezclaron amorosamente. Nos tomamos de la mano y en una exhalación nos metimos a la primera brisa que pasó.

¡Fuiste tú!,
de Vivian Mansour y Trino, salió
de los talleres de Impresora y Encuadernadora
Progreso, S. A. de C. V. (IEPSA)
Calzada San Lorenzo 244, Paraje San Juan,
C. P. 09830, México, D. F., en agosto de 2007.

Se tiraron 10 000 pe... ejemplares.

Una historia cargada de ironía y humor negro, que hará reír y pensar a los niños... y a los adultos.

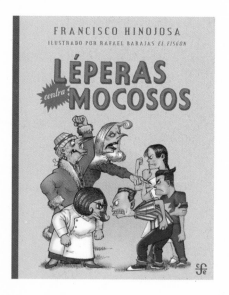

Las Distinguidas Damas Torres son respetadas y admiradas por todos los adultos de Ciudad Torrealta. Sin embargo, los niños las odian, porque son un manantial de leperadas contra ellos. Tres Mocosos hábiles e inteligentes deciden darles una sopa de su propio chocolate y comienzan así una guerra feroz.

Francisco Hinojosa es poeta y narrador de cuentos para niños y adultos. En 1984 obtuvo el Premio IBBY y, en 1993, el Premio de Cuento San Luis Potosí. Entre sus muchas publicaciones está *La peor señora del mundo* (FCE), un verdadero éxito en el ámbito de libros para niños, que este año celebra su XV aniversario.

Rafael Barajas, *El Fisgón,* es curador, muralista, pintor, investigador, escritor, entrevistador, ilustrador de libros para niños y uno de los caricaturistas políticos más destacados en México. Además es autor e ilustrador de *Travesuritis aguda,* publicado también en esta colección.

Una narración sobre el difícil paso de la frontera y la lucha por la vida en un país distinto al de origen.

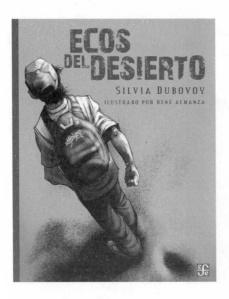

Miguel es un adolescente de Cuicatlán que decide cruzar la frontera del norte para dejar atrás la pobreza de su pueblo natal y buscar mejores oportunidades. Acompañado por su pequeña flauta de barro se enfrenta a un destino incierto que tomará un curso tan inesperado como extra-ordinario.

Silvia Dubovoy ha sido investigadora en la UNAM. Ligada siempre a la investigación sobre la lectura, la literatura y la comunicación, ha publicado en las más prestigiosas editoriales avocadas a los libros para niños y jóvenes.

René Almanza ha trabajado como rotulista, historietista, publicista e ilustrador de libros para niños. Su obra gráfica y artística se ha expuesto tanto como colectiva como individualmente.

La segunda parte de *El diario de un gato asesino*, que ha vendido miles de ejemplares en todo el mundo y deleitado a miles de lectores.

Ellie y su familia se van de vacaciones y una semana de completa libertad le espera a Tufy. Pero todo comienza a ir mal cuando su nana habitual es sustituida por un gruñón clérigo que está empeñado en arruinar sus planes de diversión.

Anne Fine nació en Leicester, Inglaterra. Ha vivido en Oxford, California, Arizona, Michigan y en Canadá. Ha recibido dos veces el Premio Whitbread y dos veces la Medalla Carnegie, además de otras importantes distinciones. Ahora vive y trabaja en County Durham, Inglaterra.

Agustín Comotto recibió en el 2000 el Premio de Álbum Ilustrado A la Orilla del Viento por su álbum *Siete millones de escarabajos*. Ese mismo año fue seleccionado en la lista White Raven.

El primer y exitoso libro de la mancuerna Mansour-Trino que nos divierte y emociona.

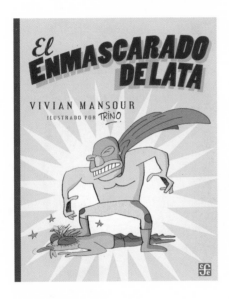

En un duelo de popularidad contra anonimato, el hijo de El Enmascarado de Lata decide utilizar su arma secreta para que los rudos de la escuela al fin lo reconozcan. Pero a la tercera caída descubre que el valor más importante está detrás de la máscara.

Vivian Mansour es autora de cuentos para niños. Ha ganado varios premios, como el FILIJ y el de A la Orilla del Viento. También ha publicado en el FCE *Familias familiares* y *El peinado de la tía Chofi*.

Trino es un monero mexicano reconocido por personajes como El Rey Chiquito o sus *Fábulas de policías y ladrones*. Nadie sino él pudo dar vida a los personajes de *El Enmascarado de Lata*.